我買了菠蘿麵包和牛奶。
我買了柴魚片飯糰，還買了茶。
本大爺買的零食都很便宜，但總共有八包。
而且本大爺
還比你們兩
更多呢。
便利商店
便利商店
便利商店
醬汁口味 大魚排
迷你小魚乾
牛奶

佐羅力大師真會精打細算啊，沒想到五十元就可以買那麼多東西，真是太佩服了。
嘿嘿嘿，錢包裡還有一千兩百元和找零的六元，口袋滿滿的感覺真踏實啊。
對了。我想到一個好主意，我們去下一個小村莊時，找一個地方吃火鍋，讓身體好好暖和一下。
牛奶

# 怪傑佐羅力之神祕寶藏大作戰 上集

文·圖 **原裕** 譯 王蘊潔

但是，手電筒拿出來之後，不管左按右按，上按下按，燈還是不亮。

喂喂喂，是不是電池沒電了？
手電筒的燈不亮，就等於是沒用的東西，
只能在接力賽的時候拿來當接力棒。
這附近找不到便利商店，
我看還是趁著天黑之前，
趕快四處去找一找，
看有沒有地方可以讓我們住一晚。

伊豬豬和魯豬豬
正在和佐羅力分享有關電池的小知識時……
佐羅力大師，我教你一招，把電池換一下位置，或是在手電筒裡轉來轉去試試看，有時候電池就可以起死回生。
但是，用這種方式，就算手電筒亮了，最多也只亮5秒鐘而已，根本派不上用場啊。哈哈哈。

有一個可愛的女孩，以非常驚人的速度
從他們三個人的身旁跑了過去。
「怎麼了？怎麼了？難道有人在追她嗎？」
魯豬豬轉頭看向女孩跑來的方向，
慢吞吞的告訴其他人：
「呃，沒有人在後面追啊，
我只有看到一艘船而已。」

「有一艘船？
喂，這裡是陸地，
可不是大海啊。
為什麼會有船
出現在這裡？」
　佐羅力無法相信，
不一會兒——

嘎啦嘎啦嘎啦嘎啦嘎啦

一艘海盜船伸出無數支船槳，在地面上划呀划，划呀划，從佐羅力他們的面前經過。

「趕快乖乖把你的鍊墜交出來！」有一個男人站在船頭大聲吼，

佐羅力他們抬頭，一看見那個男人，立刻異口同聲的叫了起來。

「老、老虎！」

海盜船已經逼近那個女孩的背後，
隨時都會撞到她。
就在這時，已經完成變身的佐羅力出現了，
他抓住了從海盜船內
伸出來的一支船槳，
用力拉了出來。

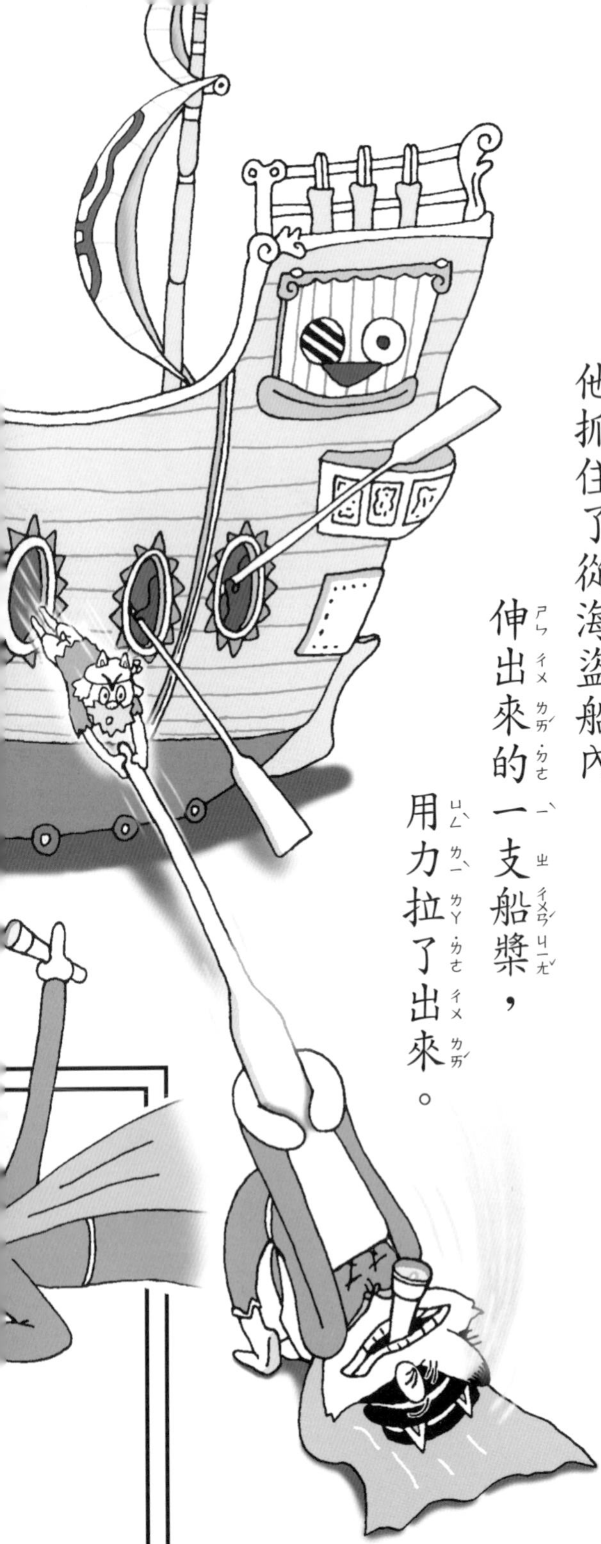

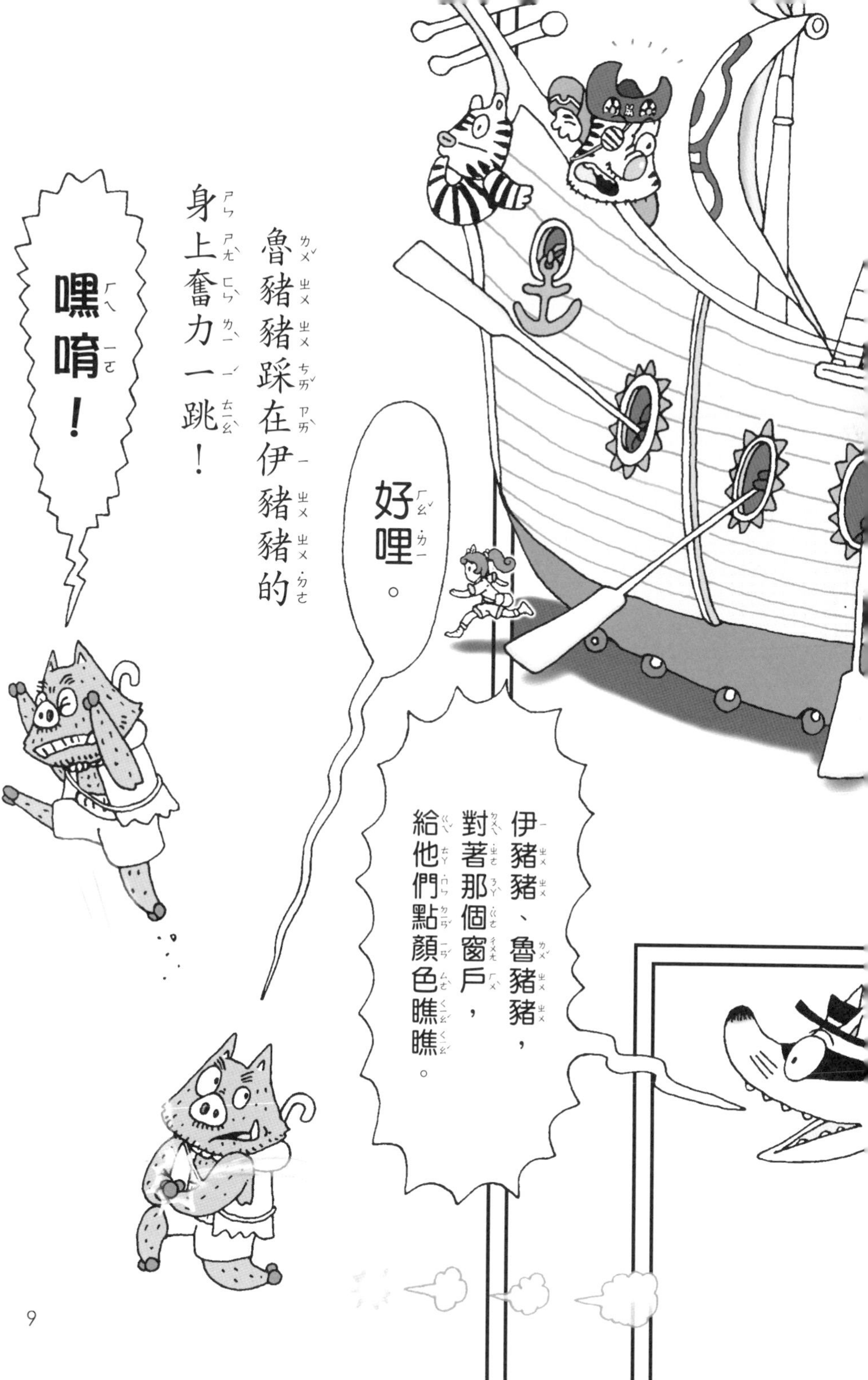
伊豬豬、魯豬豬，對著那個窗戶，給他們點顏色瞧瞧。
好哩。

魯豬豬踩在伊豬豬的身上奮力一跳！

嘿唷！

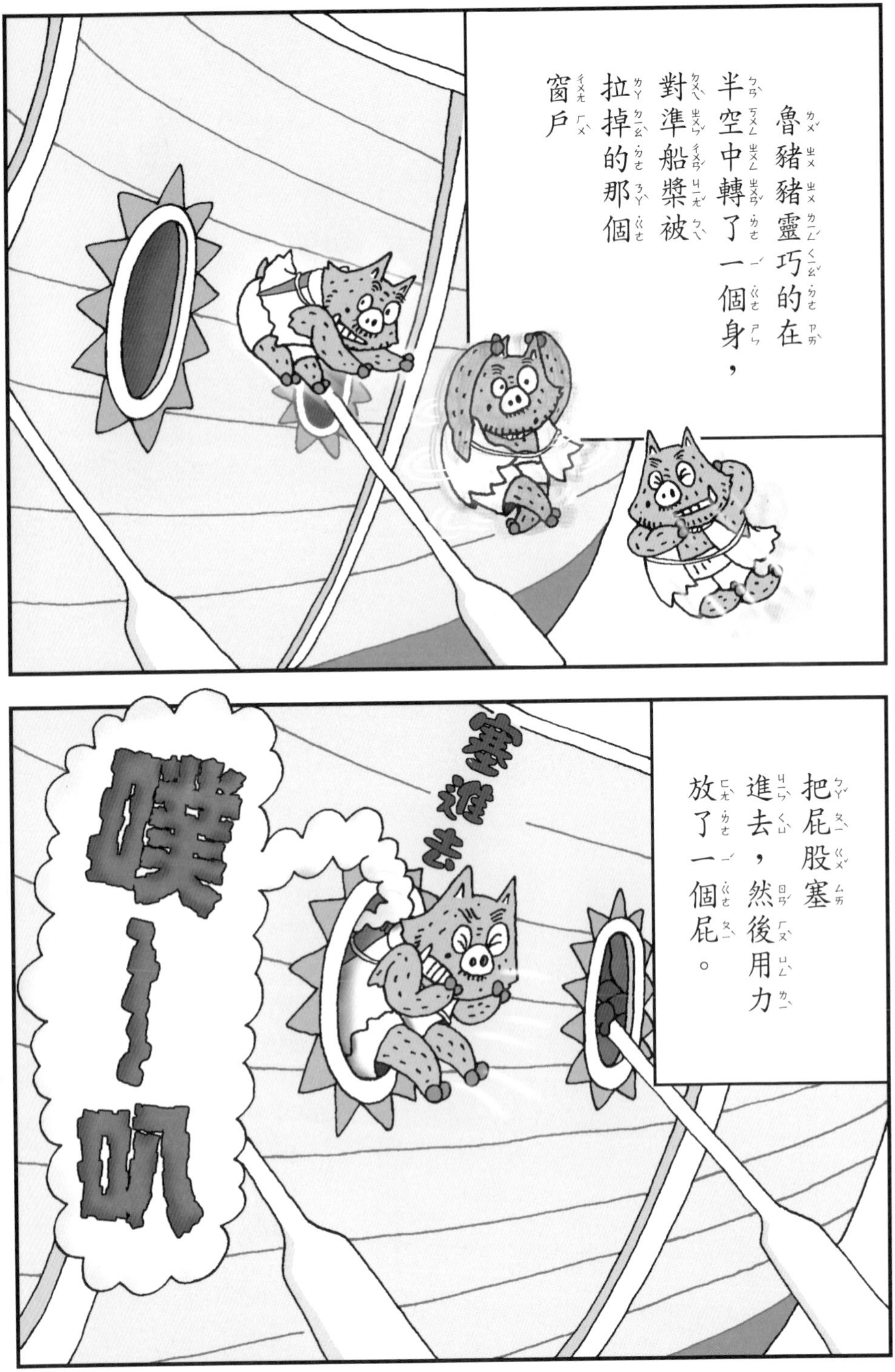
魯豬豬靈巧的在半空中轉了一個身，對準船槳被拉掉的那個窗戶
把屁股塞進去，然後用力放了一個屁。
塞進去
噗～～叭

好臭哇！
在船艙裡划船的海盜們全都丟下了船槳，用力捏住鼻子。因為沒人划船，海盜船馬上停了下來。
嘿嘿嘿嘿
哼，怎麼又是佐羅力？你這個傢伙為什麼老是搞破壞？

「你追著楚楚可憐的女士跑，本大爺無法原諒這種行為。」

佐羅力用身體擋在那個女孩面前，老虎從海盜船上走了下來，對他說：

「只要這個叫泰依露的女孩把鍊墜交給我，我馬上就可以閃人離開。」

「這是爸爸留給我的遺物，絕對不能給你。」

那個名叫泰依露的女孩語氣堅定的說。

那就別怪我不客氣了。我說佐羅力啊，你們能不能派一個人告訴這個女孩，我老虎的左手有多麼可怕？

當老虎伸出閃著冰冷金屬光澤的左手說時，

一點都不可怕。他的左手被奈麗施了魔法，所以只會長出雙葉草而已。

「吼哼哼，伊豬豬，你確定嗎？」

老虎得意的笑著，伸出的左手

・詳細的故事請各位小朋友看《怪傑佐羅力和神祕魔法屋》。

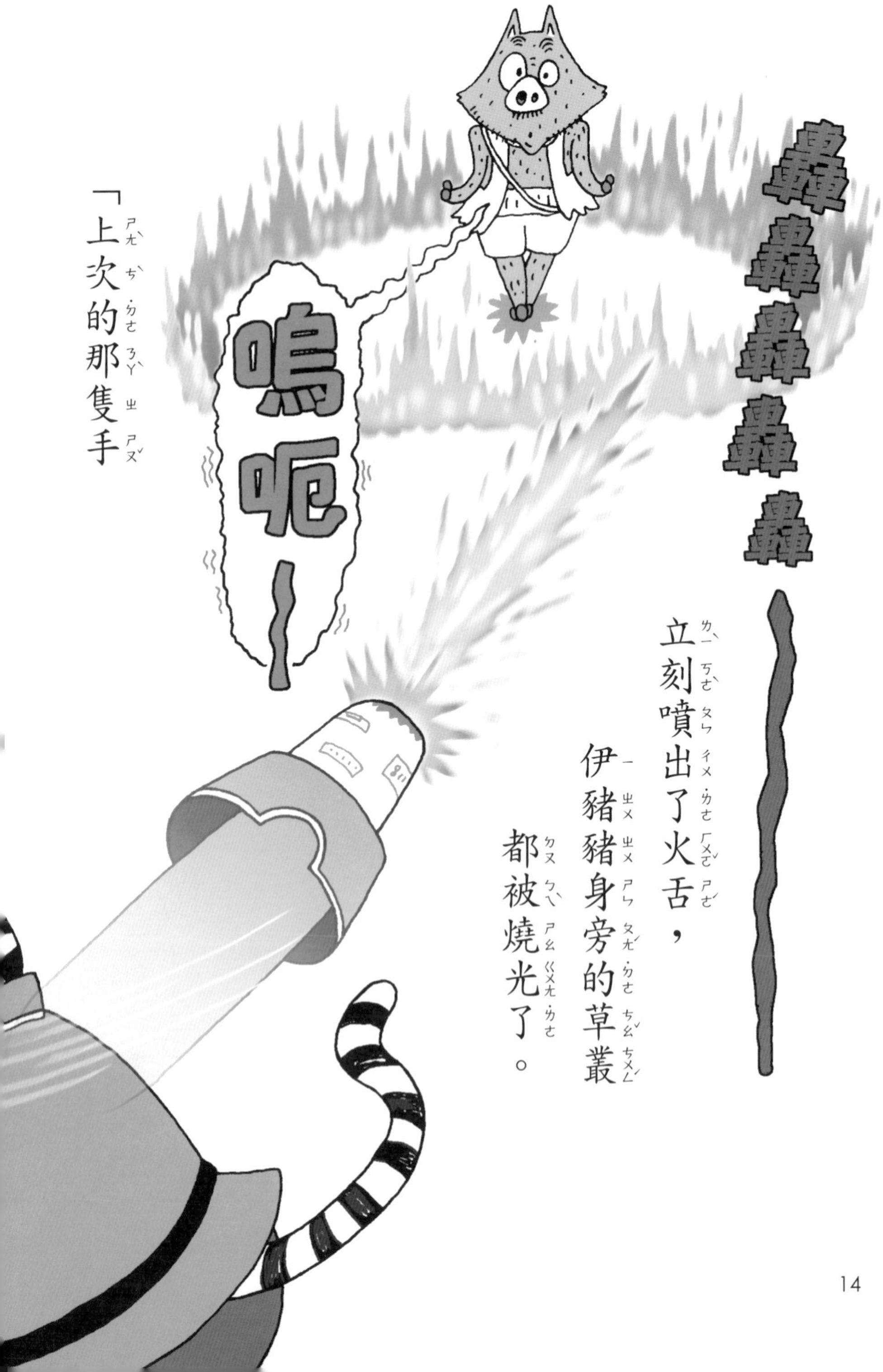


立刻噴出了火舌，伊豬豬身旁的草叢都被燒光了。

「上次的那隻手

當然早就換掉了。科技每天每天都在發展，實在進步得太神速了。所以，現在你願意把身上的鍊墜交給我了嗎？」

老虎說完，準備把那隻可怕的左手伸向泰依露——

老虎，住手！
佐羅力大聲喊著，同時把拿在手上的手電筒朝向老虎的左手，用力塞了進去。
啊，竟然剛剛好。
這種小玩意，只要我一噴火，就可以把它噴到外太空。
危險，危險，
躲遠點，躲遠點

哇—啊
砰喀！
……。
壞掉了，壞掉了。
我的新手壞掉了。
哈哈，看起來好像香蕉皮。

「佐羅力！你、你給我記住！

大家聽好了，趕快撤退吧。」

老虎一聲令下，其他海盜立刻推著已經沒了船槳的海盜船，一溜煙逃走了。

「你叫泰依露吧？現在天色已經全黑了，今天晚上，你就和我們

一起在這裡露宿吧，
保證很安全。」
「有你們在，我就安心了，
真的太感謝你們了。」
泰依露聽了佐羅力的話，
深深的對他鞠躬道謝。
「好，就這麼決定了，
伊豬豬、魯豬豬，你們
趕快找木頭準備升火。」

不一會兒之後，佐羅力他們就圍在火堆旁，聽泰依露說起了她的故事。

泰依露，這個就交給你了。
泰依露的爸爸葛衣露
我爸爸是一個探險家，幾個月前，他受了重傷，才終於回到家裡。他把這個裝了我和媽媽相片的鍊墜交給了我之後，就離開了人世。
後來我發現，
這個鍊墜裡面
還有一張地圖。
我猜想我爸爸在
地圖上畫的這個地方，
還有什麼沒有完成的工作。

「原來是這樣喔，所以，你為了完成心愛爸爸
生前的夢想才來到這裡。」
佐羅力終於了解情況……
「才不是呢！」

「我最討厭爸爸了！」

泰依露的淚水忍不住流了下來。

「我從小就沒有媽媽，
所以一直都在姑姑家長大。
爸爸總是在世界各地跑來跑去，
我從來不記得他曾經陪我玩。
雖然姑姑告訴我，爸爸溫柔體貼，
很愛家人，但我從來不這麼覺得。

比起愛我，爸爸更愛探險。」

「你在說什麼啊？全天下的爸爸和媽媽，當然都最愛自己的小孩子啊。本大爺現在雖然沒有爸爸和媽媽，但本大爺相信，他們隨時都在守護我。」

「是嗎？現在的我可沒辦法這麼認為。正因為這樣……」

所以我想親眼看一看，在爸爸眼中，比我更重要的東西到底是什麼。但是，我拿著這張地圖看了半天，還是完全看不懂到底在哪裡，也不知道有什麼東西。
嗯，我看看，這裡太暗了，完全看不清楚。
佐羅力把地圖放在火光前一看
發現城堡地下室的位置，竟然浮現出一張奇怪的臉。
啊
啊喲
太厲害了。我猜想寶藏一定就藏在這裡。
不愧是佐羅力大師，竟然想到了用火烤的方法。

其實佐羅力原本只是想要借火光看清楚而已，但被伊豬豬和魯豬豬這麼一稱讚，他也不好意思實話實說。
佐羅力先生，你太厲害了。
嗚嘿嘿嘿。這只是最基本的常、常識而已啦。
泰依露眼中充滿尊敬的看著佐羅力，佐羅力被她看得很不好意思。

泰依露小姐，你可別忘了，這是佐羅力大師的功勞，如果在那裡找到了寶藏，佐羅力大師要分一半喔。
沒錯，說得好。
你們兩個傻蛋，在胡說什麼啊！

「這些全部都屬於泰依露小姐。」

「啊？佐羅力大師，你怎麼了？」

「如果是平時，佐羅力大師一定會說，所有寶藏統統都要歸他。」

佐羅力抓住伊豬豬和魯豬豬的耳朵，把他們拉到一旁。

「喂，你們聽著，我們接下來要去的地方有城堡，也有寶藏。

如果泰依露小姐在旅途中愛上了我，你們覺得會怎麼樣？到時候我和她結婚，不管是城堡和寶藏，都統統落到我的手上。我覺得她一定就是我命中註定的白雪公主，所以你們要幫我多說點好話，拜託啦。」

佐羅力說完，又轉身回到火堆旁。

「我猜想你爸爸為了你的幸福著想，一定在那個城堡裡藏了你一輩子也花不完的寶藏。雖然本大爺對寶藏這種東西完全沒有任何興趣，但我很擔心，你不能體會你爸爸對你的心意。嗯，雖然本大爺有很多事情要忙……。泰依露小姐，我決定要

協助你一起尋找寶藏。」

「好，那就拜託你了。」

「好，就這麼決定了！天很快就亮了，今晚就好好睡一覺吧。」

佐羅力他們的談話內容竟然全被老虎的手下偷聽到了。

果然有寶藏，那我得趕快去向老虎大人報告這個消息。
•船槳被拉出來後，這個海盜也被一起拉下船，昏過去了，剛剛才醒過來。

第二天早上，老虎立刻舉辦了一場盛大的「恐怖發明家甄選會」。

他想要尋找能夠把他報廢的左手改造成強大武器的發明家。

他的目的，當然是為了和佐羅力對抗，但是……

# 老虎的 恐怖發明家甄選會 會場

雖然努力想要在這些人中間挑選出可以稱為發明家的人，不過，就像各位讀者現在看到的，報名參加甄選會的都是一些亂七八糟的傢伙。

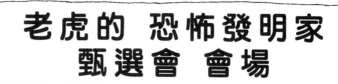

生氣燒水壺
只要說這個水壺的壞話，讓它生氣，就可以把水燒開了。
咿呀，水壺頭腦水壺頭
肚子空空不中用
呆瓜瓜呆
嗶
哈蜜瓜籽過濾器
哈蜜瓜的籽都纏在一起，很不好去除。
這就是會場的情況。
只要有了這個過濾器，這種煩惱馬上就不見了。
果汁果汁
果汁果汁
・就可以輕輕鬆鬆的喝到美味的哈蜜瓜果汁。
超級胖子的
飯粒電子鍋
雖然可以煮出香噴噴的米飯，但煮出來的形狀很噁心，讓人看了就倒胃口，減肥效果超強。（向各位媽媽推薦）
嘔嘔嘔嘔嘔嘔
飯煮好會發出這種聲音。
帥哥摳鼻屎器
在大家面前摳鼻屎是很丟臉的行為，但只要戴上這個手套，摳鼻子的行為就變得超帥氣。傑克，這真是太神氣了。
・每次摳鼻屎，就會發出「嗄叮」的音效。
動感的黑豹造型
好酷喔
帥翻了
哇—

像變魔術般的魔法熱水瓶
☆耳朵突然變超大的熱水瓶。
☆把熱水倒進去後，就會有鴿子從熱水瓶裡飛出來。
我是老虎，不是虎牌熱水瓶，或是虎牌電子鍋，不需要燒開水，也不需要煮飯啦。我只是想要有人可以為我在這隻左手上，裝一個可以讓那個討厭的大壞蛋佐羅力嚇得發抖的武器。
你是說怪傑佐羅力嗎？那就一定要請這位曼帝出來啦啦啦。
這時，有一個奇妙的男人走上前來。

本人收到訂單後所生產的所有商品，每一樣都被佐羅力打得落花流水啦啦啦——。
《勇闖巧克力城》的
城堡雪人
噗嚕嚕董事長為了保護巧克力城所訂購的機器人。
《忍者大作戰》的
食人犬
雖然外面誤傳是在叢林的房子發現的，其實是本人基因改造後培育出來的動物。
《佐羅力被捕了!》的
終結者機器人Z
這是我受角色監獄的典獄長高米斯委託所生產的恐怖機器人。
喔喔。原來這個、那個和那個統統都是由你生產的作品啊。

「只要你錄取我曼帝，我將會帶著對佐羅力的滿腔仇恨幫助你，不只讓你的左手威力十足，還要改造你的海盜船，變成前所未有的可怕海盜船啦啦啦。」

「喔喔喔，這真是太令人高興，又覺得可靠啊，我就錄取你了。」

老虎用力摟住了曼帝的肩膀。

這個時候，佐羅力一行人——

「佐羅力先生，我們要去的城堡就在這個村莊旁邊。」

泰依露看著地圖對佐羅力說。

「好，我們馬上就要開始工作了。那就先在這個小村莊好好吃一頓吧。」

聽到佐羅力一聲令下，

伊豬豬立刻四處張望，

「在這種偏僻的鄉下地方，

恐怕長不出什麼好吃的東西。

「我的要求不高，趕快找一個能夠讓我填飽肚子的地方就好。」

喂！你是誰啊！
你這隻毛絨絨野豬，竟然敢站在這麼重要的東西上。

「這間廟供奉的是保護這個村莊的守護神，你小心遭到報應。」

這個村莊的村長走了出來。

「原來這是一間廟，我根本沒有發現。」

佐羅力立刻跑過去探頭張望，發現那裡雕刻了一張長相很奇怪的臉。

好痛痛痛，幹麼推我啊。
哈哈哈，他說你是毛絨絨野豬。

佐羅力先生，我發現這張奇怪的臉，和地圖上浮現的符號很像喔。

泰依露小聲的說，這時，

啊！

你、你的這個鍊墜！你該不會就是葛衣露先生的千金泰依露小姐？

村長突然叫了起來。

請問，你認識我爸爸嗎？
當然認識啊。因為葛衣露先生總是隨身戴著這個裝了他太太和千金照片的鍊墜，掛在胸前，任何時候都不離身，因為那是他最寶貴的東西。
喂，各位村民們，葛衣露先生的千金來這裡看大家了。
村長吆喝了一聲，村民們紛紛從家裡走了出來。
你爸爸在這裡受了重傷，雖然我們勸他留下來養傷，但他不聽我們的，堅持一定要回去看你，不知道他之後有沒有好起來？
她就是泰依露小姐？

我爸爸……他已經離開人世了。
村民們聽了泰依露說的話，個個都低下了頭，還有人忍不住小聲的哭了起來。
看來泰依露的爸爸在這個村莊很受歡迎，大家都很喜歡他。

當然受歡迎啊，因為葛衣露先生是這個村莊的大恩人。
你們只要去看一下餐廳，就會知道是怎麼一回事了。
你說餐廳嗎？我肚子剛好餓了。
趕快去看看。
走吧，請跟我來。

他們被帶到一個餐廳，發現那家餐廳的名字和菜單上所有的料理都用了泰依露的名字。這到底是怎麼回事？
多虧了這些芋頭，我們現在才能健健康康的生活。
葛衣露先生用他最心愛的千金泰依露的名字為這種芋頭命名。
這家專門供應用這種芋頭做的各種料理，餐廳名稱和所有料理全都用了泰依露小姐的名字。各位請用吧。
葛衣露先生看到這個村莊實在太荒涼了，覺得很不忍心，所以四處尋找了在荒地也可以生長的芋頭苗，帶回來給我們種，是我們的大恩人。
各位就請盡情的享用吧。

這時，伊豬豬的臉色突然發青。

芋、芋頭卡在喉嚨了。快、快拿水來！
這家餐廳的料理可以盡情吃到飽，都不收錢。
但是只有水需要付費才能供應。
喀
你說什麼！
一杯水要一千兩百元！
噗啊
終於得救了。
對不起，這個村莊都不下雨，所以水特別珍貴……
帳單
你竟然把水喝下去了。那也只能付錢了，伊豬豬，誰叫你吃得這麼快。
現在只剩下六元而已了。
1000

雖然錢包裡的錢幾乎都用光了，佐羅力也沒有生氣，這當然是有原因的。因為他心裡很清楚，有一個巨大的寶藏正在附近沉睡著。

「我聽說這附近有一座城堡，我打算去看一看。」

佐羅力故意裝作什麼都不知道的說，所有的村民都皺起了眉頭，

「請你們千萬別去那裡，也不要靠近。」

「為什麼呢？」

「因為那座城堡已經澈底荒廢了，非常危險，葛衣露先生就是在調查那座城堡的時候，城堡的天花板突然掉落下來，他才會身受重傷。」

「而且，聽說最近有很多妖怪在那裡出沒，請你們千萬打消這個想法，不要去那裡。」

村民們一再阻止他們，
希望他們改變主意。
但是，泰依露無論如何
都想要知道爸爸
生前到底在找什麼，
佐羅力他們三個人更是
被寶藏迷昏了頭，
完全不聽村民的勸告，
匆匆出了門。

# 陰——森

四個人終於來到位在懸崖上的城堡大門前。

村民們說的沒錯，搖搖欲墜的城堡聳立在那裡，讓人看了忍不住渾身發毛。

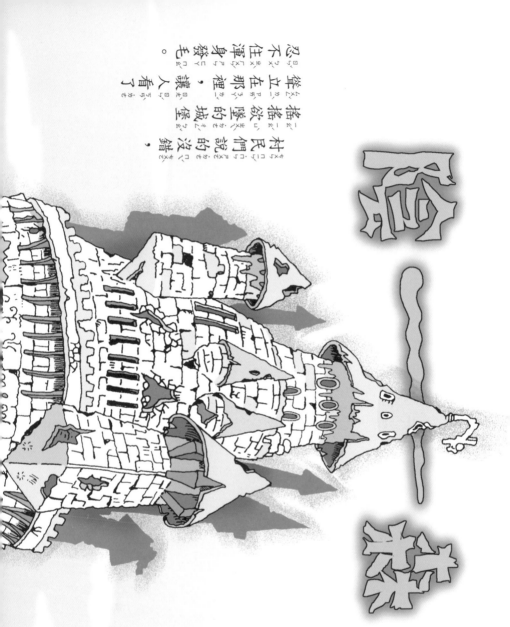

寶藏就是在這裡吧。
是、是啊，應該是這樣。
佐羅力大師，我好想回去村莊。
不知道爸爸之前在這裡找什麼呢。

因為實在太可怕了，他們幾個人你推我，我推你，誰都不敢先走進去城堡裡面。
伊豬豬、魯豬豬，你們先請進去。
我、我等一下再進去。
我今天也不想當第一。
就在這個時候，不知道哪裡飛來一個長滿刺的栗子毬果，
噗刺
不偏不倚，剛好打中佐羅力的屁股。
嗚啊
因為實在太痛了，佐羅力抱著屁股，一口氣衝進城堡，不見人影。
太厲害了，佐羅力先生原來是這麼勇敢的人。
咻
咻
我們也趕快跟著佐羅力大師進去吧。

另外三個人在勇敢的（？）佐羅力帶領下，也一起走進了城堡。

躲在岩石後面的老虎和曼帝看到之後，馬上走了出來。

「我的栗子毛刺手槍發揮了很大的效果啦啦啦。」

「呵呵呵，那就讓佐羅力小弟去幫我找寶藏，然後我再把那些寶藏搶過來。我才不想走進那麼危險的城堡，讓自己受傷，太沒意思了。」

兩個人相互看了一眼，露出了奸笑。

佐羅力他們衝進了城堡，但城堡裡一片漆黑，什麼都看不見。

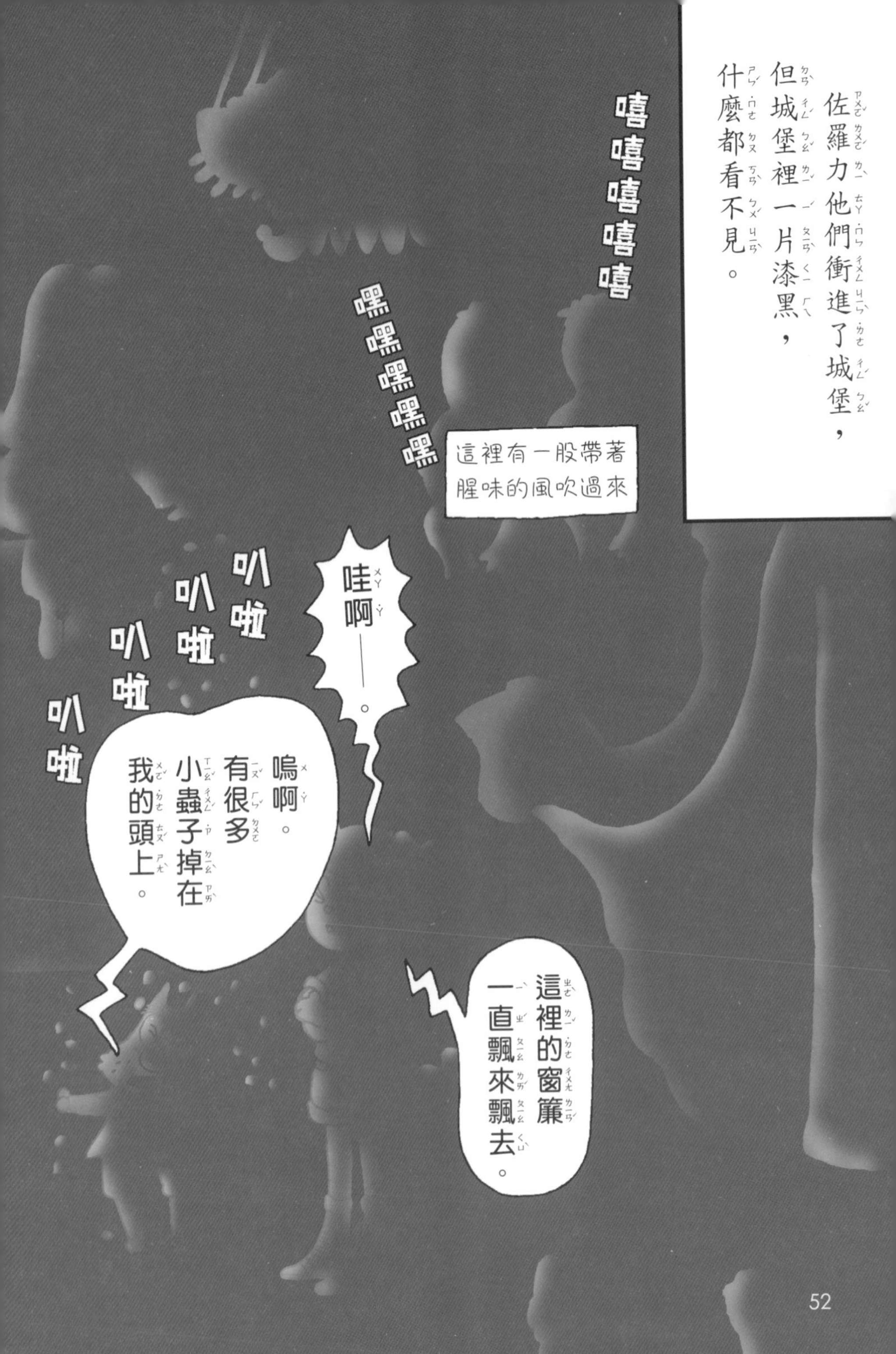
嘻嘻嘻嘻嘻
嘿嘿嘿嘿嘿
這裡有一股帶著腥味的風吹過來
哇啊——。
叭啦
叭啦
叭啦
叭啦
嗚啊。有很多小蟲子掉在我的頭上。
這裡的窗簾一直飄來飄去。

他們四個人已經不想再找什麼寶藏了，只想要趕快逃離這裡，愈快愈好。就在這個時候……

我、我的身體慢慢浮起來了。
嘎呵呵呵呵
啊，中場休息一下。
啊，剛才有妖怪舔我的臉。
我、我的腳下有蛇在爬來爬去。
嗚啊～

室內突然亮起了燈光，
出現在他們面前的是，
啊呀！
呃……
妖怪水晶吊燈
啊！
廚餘
河童
洗紅豆妖怪
嗚啊！
叭啦叭啦叭啦
長頸妖怪
擋擋牆
原來不是小蟲子，是紅豆啊。

這些都是佐羅力認識的妖怪。
啊呀，是伊豬豬和魯豬豬。
禿頭妖怪
雨傘妖怪
這不是佐羅力大師嗎？
雪女
吹雪園子
啊，原來是魯豬豬啊。
啊，原來是妖怪學校的老師，你們在這種地方做什麼？
蜘蛛女
妖怪學校的老師
溼毛巾
佐羅力大師，你踩到我了，踩到我了。
蛇髮女妖

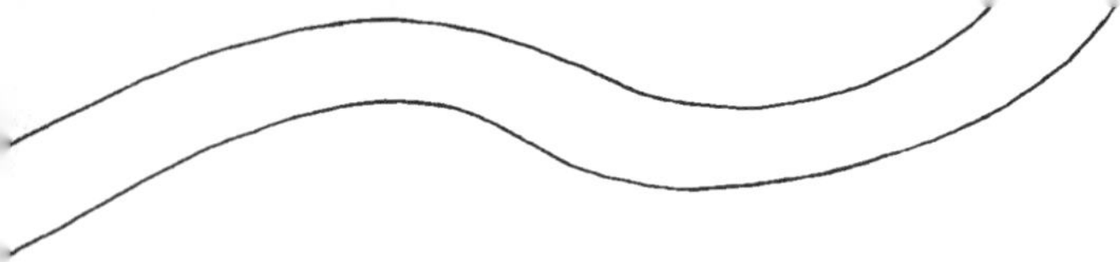

「我們覺得這座可怕的城堡絕對是嚇人的好地方，但是搬來這裡住下之後，發現因為房子太舊了，大家都覺得很危險，所以根本沒有人靠近，好不容易有機會可以嚇人了，沒想到竟然是你們。對了，這位可愛的小姐是你的女朋友嗎？」

妖怪學校的老師問佐羅力。

「不、不是啦，這位是泰依露小姐，因為她要去城堡的地下室找東西，

所以本大爺就陪她一起過來，
你不要亂說話。」
佐羅力的臉一下子漲得通紅。
「很高興認識你，佐羅力先生的人脈真是太廣了，竟然連妖怪也認識。」
泰依露很佩服佐羅力。
「嘿嘿嘿，也還好啦。對了，通往地下室的樓梯在哪裡？」
佐羅力問妖怪們。

「我們來這裡的時候，天花板就已經塌下來，把通往地下室的路堵住了。」

蛇髮女妖說。

「對啊對啊，好幾個樓層的天花板都塌下來了，所以我們根本沒有想到要去地下室。」

長頸妖怪也說。

「是嗎？那可真傷腦筋啊。
如果現在有電鑽的話，
就可以去地下室看看了。」
佐羅力小聲嘀咕。
「要鑽研嗎？我這裡有好東西。」
魯豬豬打開包裹，

拿出了一本《大叔冷笑話鑽研祕笈》。

「你這個笨蛋！你這個鑽研祕笈，是要怎麼把地板鑽出一個洞啊！」

佐羅力氣壞了，忍不住用力跺著腳，沒想到，

竟然真的被他踩出一個洞。

《大叔冷笑話鑽研祕笈》

○佐羅力編寫的大叔冷笑話，可以用來練習冷笑話功力。

「既然這麼容易就可以踩破，說不定可以憑我們的力氣，挖到地下的房間。」

妖怪學校的老師聽了佐羅力的話，提醒他們說：

「既然可以輕易踩破，就代表這裡很危險。所以，各位一定要特別小心。」

所有妖怪都聚集過來，找出城堡裡的各種東西，讓佐羅力和其他人全副武裝，避免他們不小心受了傷。

我把水壺割開之後，為泰依露做了安全帽
還有一個洞，可以讓她的馬尾露在外面

用水管連在水壺嘴上，就做成了呼吸管
鍋子
吸管
沙拉碗
水管
從村莊帶來的芋頭
蜘蛛女用自己的絲為伊豬豬和魯豬豬織了手套和襪子

雖然裝扮成這樣，
看起來很蠢，
但安全最重要。
各位，謝謝啦！
我們出發吧！
安全帽
繩子
手套

佐羅力用盡全力，想要鑽進地下室……

「啊，佐羅力先生，請你先等一下。」

雪女吹雪園子說完後，跑進城堡深處，

呼吸管
萬一房子倒塌時，可以把呼吸管從瓦礫堆中伸出來呼吸。

回來的時候，
手上拿了一個箱子。
「我在暖爐上看到這個箱子，
之前一直忘記這件事。」
這個盒子上面有兩行字，上面寫著——

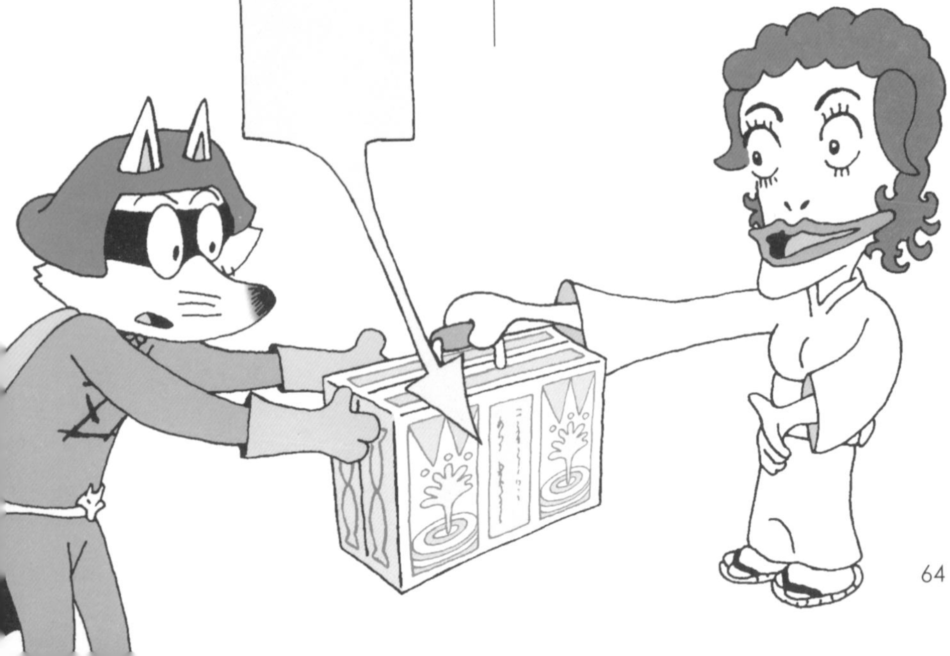
前往地下室時，
請務必帶上這個工具箱。

佐羅力戰戰兢兢的打開一看，

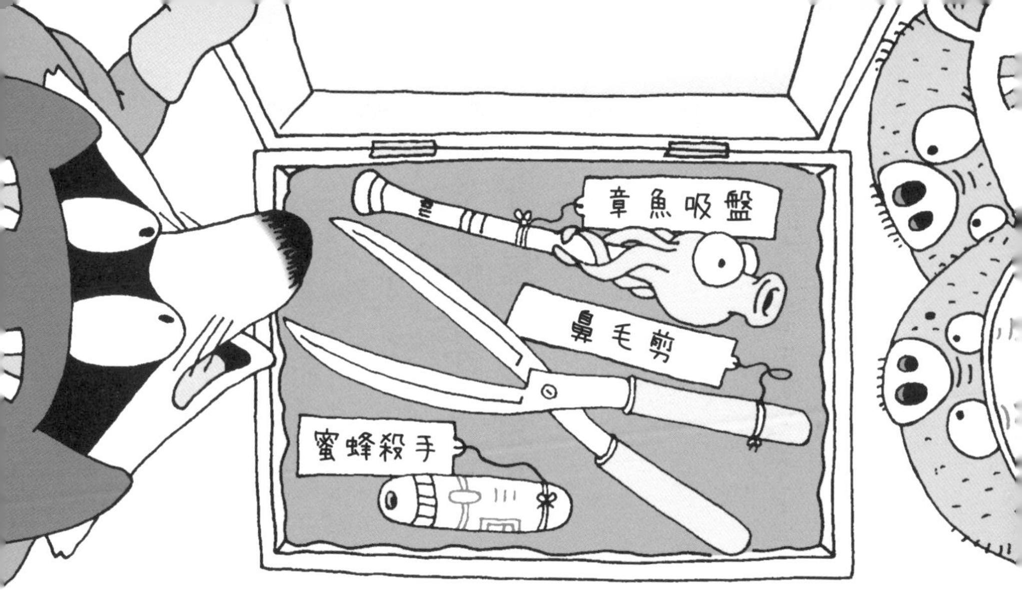


發現裡面裝了這些東西。

「雖然不知道什麼時候，
怎麼用這些工具，
但到地下室可能需要用到。」

佐羅力接過了箱子。

「好了，那就出發吧。
泰依露小姐，你繼承你爸爸
的遺志，繼續探險的時刻
終於來到了。」

## 妖怪學校老師的提醒

○地下室容易坍塌，就算是得繞遠路，也一定要選擇安全的路徑。

○▨ 的部分是容易打洞的地方，但如果打太多洞，容易造成坍塌，所以只能在三個地方打洞。

○佐羅力大師和其他人是否能夠順利進入地下室呢？
請各位小朋友也和他們一起想一想路線，帶領佐羅力大師他們順利到達目的地。

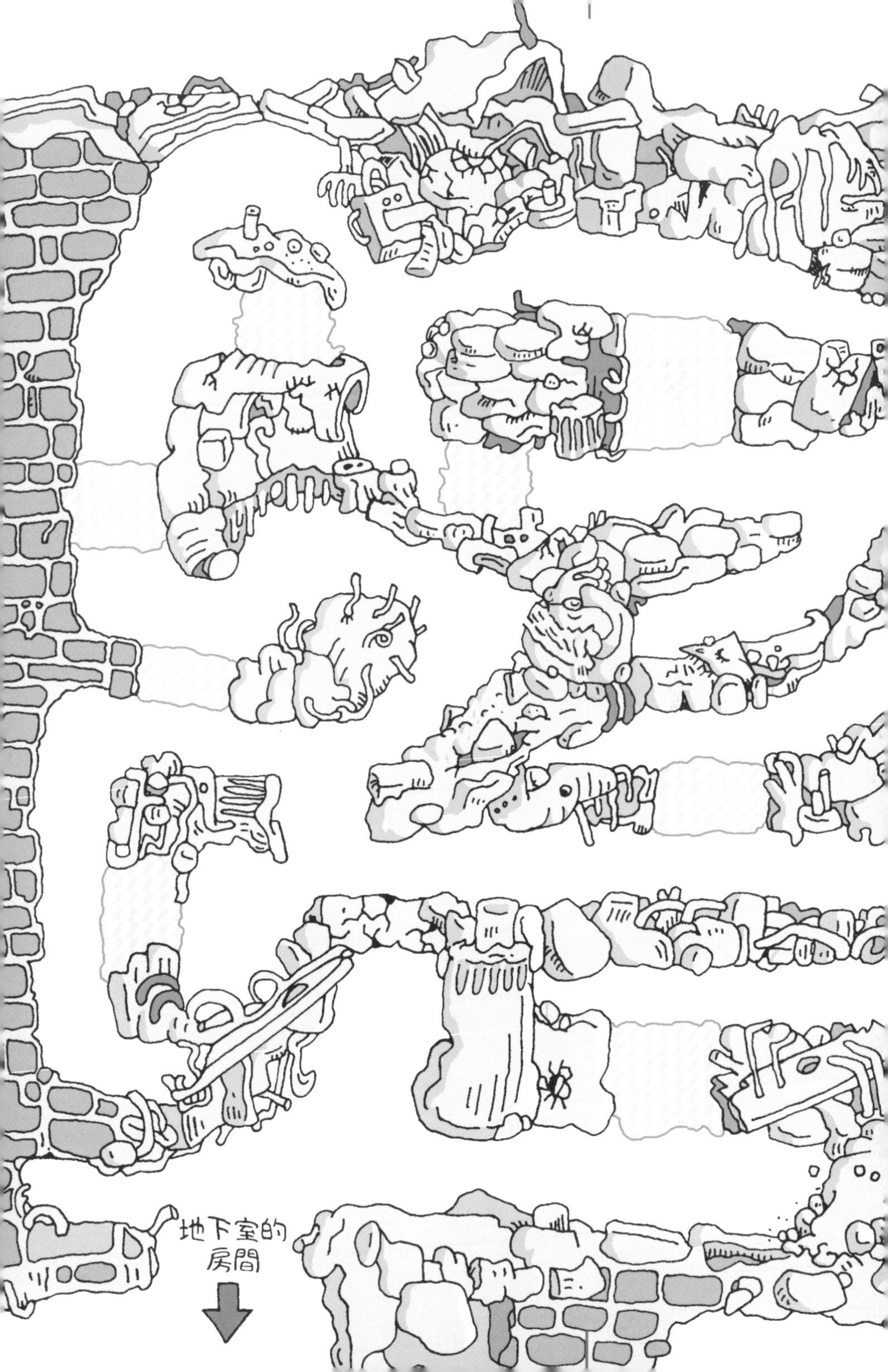
地下室的
房間

在各位讀者小朋友的幫忙下，佐羅力他們終於順利抵達了下面的房間。
佐羅力大師，沒想到這麼快就需要用到剛才在工具箱裡看到的「鼻毛剪」了。
泰依露小姐，你要小心唷。

搶先進入地下樓層的魯豬豬指著一個巨大石像下方的一塊牌子，看完牌子上的字後說。

啊，石像身體的部分快要塌下來了。
從石像鼻子露出的三根鼻毛中，挑選正確的那一根剪下來！

佐羅力從工具箱裡拿出了「鼻毛剪」，忍不住感到很失望。

「光用這個鼻毛剪，怎麼剪得到？我猜想以前那幾根鼻毛下面應該有樓梯可以走上去。」

伊豬豬試著站在瓦礫堆上往上爬，石像的身體又坍塌了，石像的大腦袋好像隨時會砸下來。

「太危險了，萬一像我爸爸一樣受重傷就慘了，我看我們還是放棄，趕快回去吧。」

「泰依露小姐，怎麼可以這麼輕易放棄呢？放心吧，交給本大爺就好。」

佐羅力說完，

從周圍撿了幾根木棒，然後俐落的把鼻毛剪綁在好幾根木棒上。
咻
鼻毛剪綁上木棒後，柄變得很長。這麼一來，就算站在下面，也可以輕輕鬆鬆的剪到鼻毛了。
佐羅力先生，你太厲害了。
咻
嗚哇哇，佐羅力大師把鼻毛剪變成「長柄樹枝剪」了，我之前在電視購物頻道上看到時，就一直很想要。佐羅力大師，趕快讓我來試試。
但是三根鼻毛中，哪一根才是正確的鼻毛呢？

我猜應該是最長的那一根吧。因為大家不是都說「鼻毛長長長好長」嗎？一定就是那一根。
卡嚓 卡嚓
啊呀呀，竟然用繞口令來決定這麼重要的事。
佐羅力無奈的抱住了自己的腦袋……

通往地底下的門竟然慢慢的打開了。

「剪中了！伊豬豬，你太厲害了。」

佐羅力抬起頭，

伊豬豬拿著他早就很想得到的「長柄樹枝剪」，露出滿臉興奮的表情說：

「嘿嘿嘿，佐羅力大師，

這把剪刀超利的，一剪就斷了。」

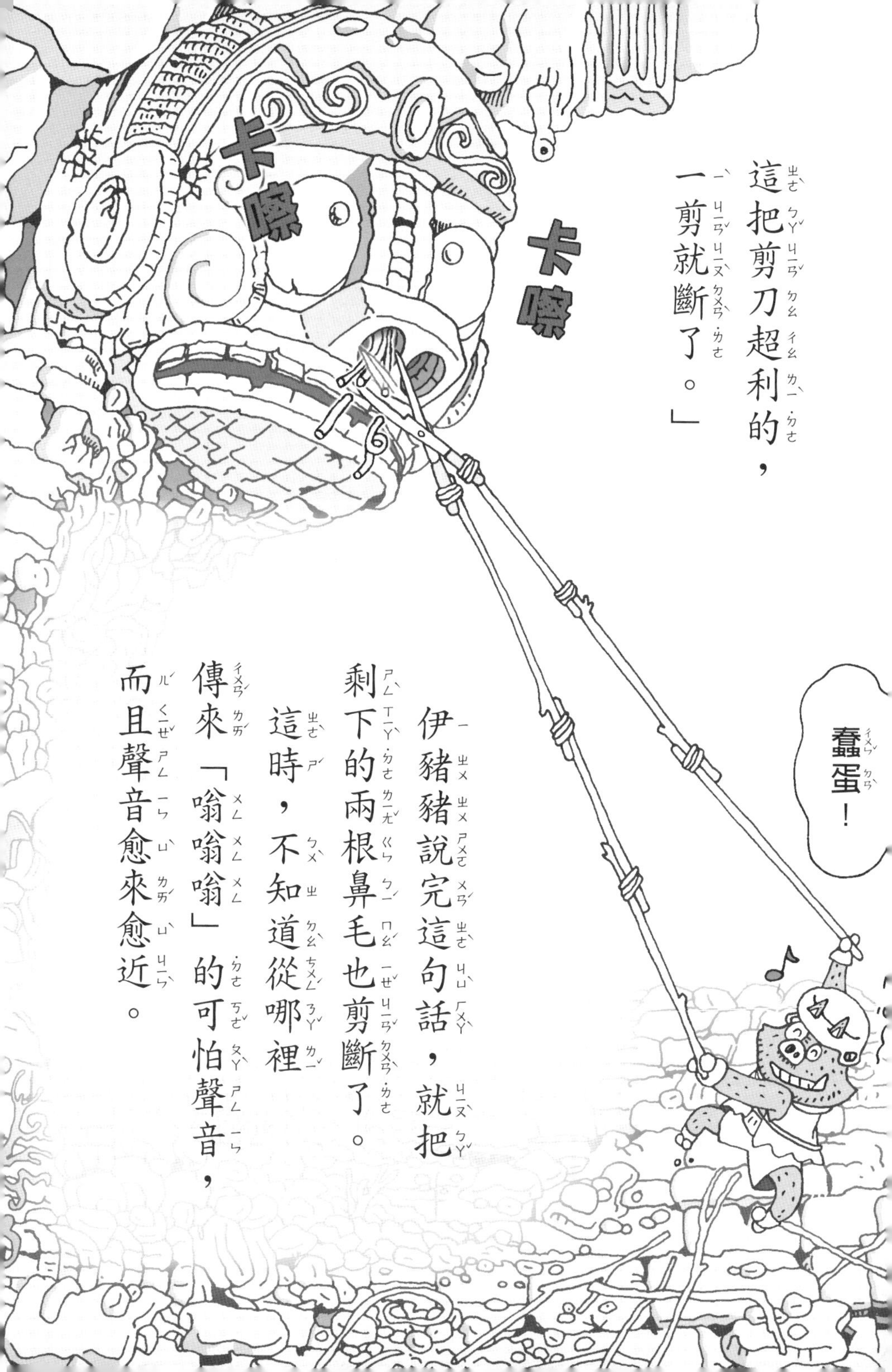


伊豬豬說完這句話，就把剩下的兩根鼻毛也剪斷了。

這時，不知道從哪裡傳來「嗡嗡嗡」的可怕聲音，而且聲音愈來愈近。

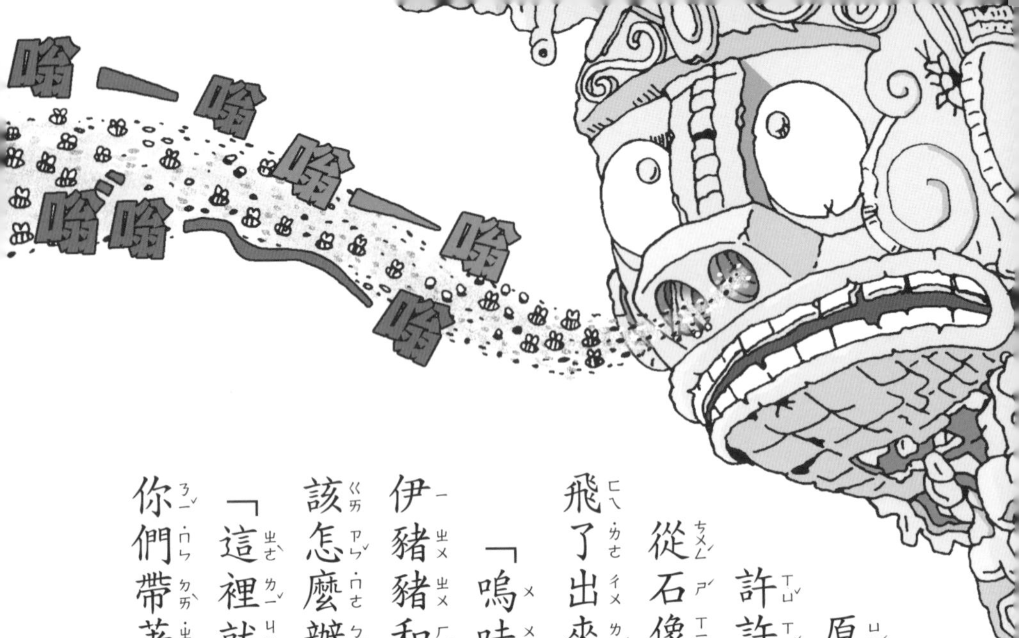


原來是蜜蜂。許許多多蜜蜂從石像的另一個鼻孔飛了出來。

「嗚哇，會被蜜蜂叮到！」

伊豬豬和魯豬豬嚇得不知道該怎麼辦，佐羅力對他們說：

「這裡就交給本大爺，你們帶著泰依露小姐，

趕快先去下面的房間，
去尋找寶藏到底藏在哪裡。」
佐羅力把全身都包得緊緊的，
不讓蜜蜂叮到自己，
然後跑到樓層的中央，
吸引蜜蜂跟著自己走。
他急忙從工具箱裡
拿出了那瓶
「蜜蜂殺手」。

**給各位讀者朋友**．突然出現了一個奇怪的角色，各位讀者一定嚇了一大跳。這是怪傑佐羅力為了避免被蜜蜂叮到，所以把自己全副武裝起來。

「本大爺靈機一動，立刻想到這是現在可以派上用場的武器。蜜蜂們，來吧！」

佐羅力得意的按下了「蜜蜂殺手」上的按鈕，前端跳出了一個「蒼蠅拍」，

不對，是「蜜蜂拍」。

佐羅力無可奈何，

只能用這個工具

•把呼吸管咬在嘴上，才能順利呼吸。
•把原本用來裝芋頭的黑色塑膠袋戴在頭上。
咻—哈
咻—哈
•用繩子纏在尾巴上。

嗄嗄嗄嗄嗄嗄嗄嗄嗄嗄嗄嗄

上拍下拍，左拍右拍，
拍打著一隻隻伸出蜂針
展開攻擊
的蜜蜂。
不一會兒，
佐羅力聽到了
有什麼東西移動的聲音。
他回頭一看，發現……

地板上的那道門竟然慢慢的、
慢慢的關了起來。
「怎、怎麼回事！原來有時間限制嗎？」

佐羅力慌忙的拍打剩下的
那些蜜蜂，用最快的速度
抱起放在地上的
工具箱，

等、等等，等我！
快下來啊。
我們快要見不到你，從此分離了。
終於衝進地板上那道慢慢關起來的縫隙中。就在這時……
好窄喔！
嘎嘎嘎嘎嘎
聽到一個可怕的聲音。佐羅力的命運到底如何……
嘎嘰！

咻咻咻咻咻
往下掉
咻咻咻咻
得、得救了。
佐羅力大師。
我們等你很久了。

別緊張，是佐羅力的安全帽卡住了，安全帽脫落後，佐羅力整個人掉了下去。

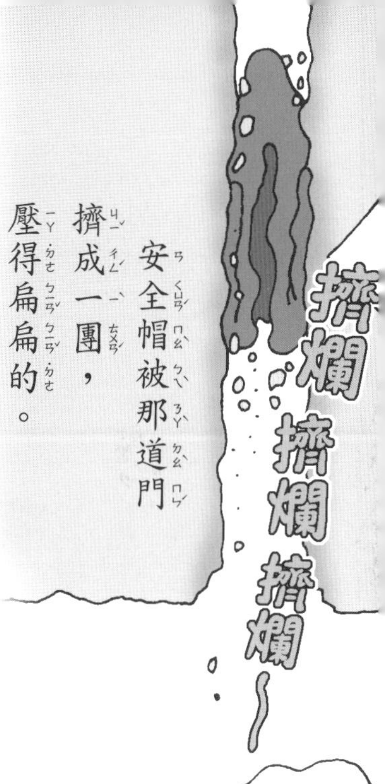
安全帽被那道門擠成一團，壓得扁扁的。
擠爛擠爛擠爛~

本大爺只差一步，就會像那頂安全帽一樣，被壓成肉醬了。
撕開
撕開

「佐羅力先生，你冒著生命危險保護了我們大家。」

泰依露注視著佐羅力的後背，小聲的說道。

佐羅力的背上——

被蜜蜂刺了很多很多的蜂針，幾乎全都被刺滿了。只要看到那些蜂針，就知道佐羅力剛才在上面戰得多辛苦。
佐羅力大師，我來幫你把蜂針都拔掉，讓斗篷變乾淨。
拜託你啦，對了，
你們有沒有發現泰依露小姐的爸爸到底在這裡找什麼東西？
我想了一下，猜想應該就在這道門的裡面。但問題是這道門要怎麼打開，我完全沒主意。
伊豬豬，你也真是的，不管是金庫或是鑰匙孔，本大爺只要三兩下就……

咦？這是怎麼回事？
看吧。

那道門上不要說是金庫的旋轉鎖，就連門把也沒有，更找不到鑰匙孔。

啾啵啾啵 啾啵啾啵

就在這個時候，房間內響起了一個奇怪的聲音。

魯豬豬正在用一個很奇怪的工具，吸佐羅力斗蓬上的蜂針，那個聲音就是他在吸斗蓬時發出來的。

「佐羅力大師，原來放在工具箱裡的章魚吸盤是為了這個時候所準備的工具。因為蜂針太危險了，沒辦法用手拔，

有了這個工具，簡直太輕鬆了，
我已經拔了一百二十八根了。」
他把拔下來的蜂針排在一旁，
一臉得意的說。
「嗯？等一下，這個工具的
吸力……」
佐羅力的眼睛一閃，
從魯豬豬手上把那個
章魚吸盤搶了過來，

**吸力**
把東西吸起來的力量

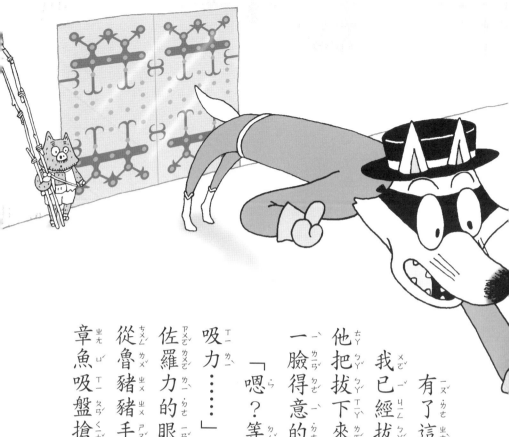

走向那道剛才怎麼打也打不開的門。

沒想到門上圓形圖案的地方被章魚吸盤吸了出來，一個又一個被拔了起來。

「原來這些都是螺絲，而且是特殊的螺絲，只有這個章魚吸盤才能把它們吸出來。」

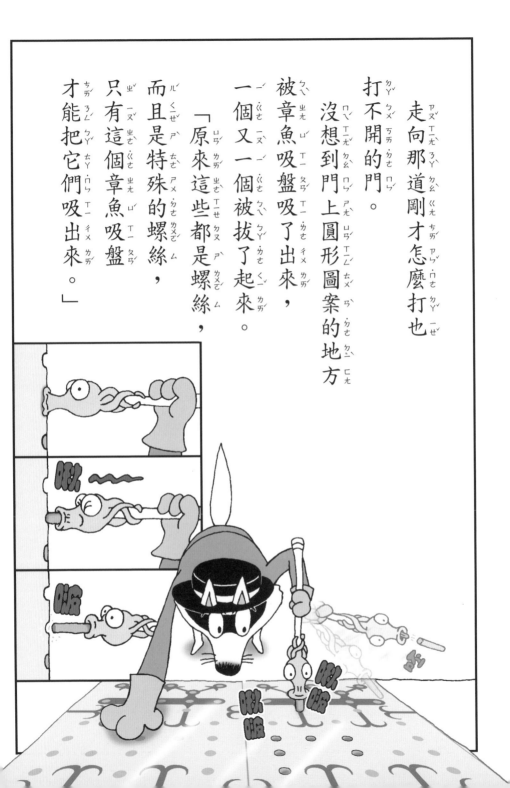

門上的七十六個螺絲全都被吸了下來。

「泰依露小姐，你仔細看清楚，這裡面就是你爸爸要留給你的禮物。」

佐羅力說完這句話，抬起腿，用力把門踹開了。

那個房間裡只有一個奇怪的擺設，
沒有其他任何東西。
「只、只有這個而已嗎？」
所有人都驚訝不已，一起跑到
那個擺設的周圍。

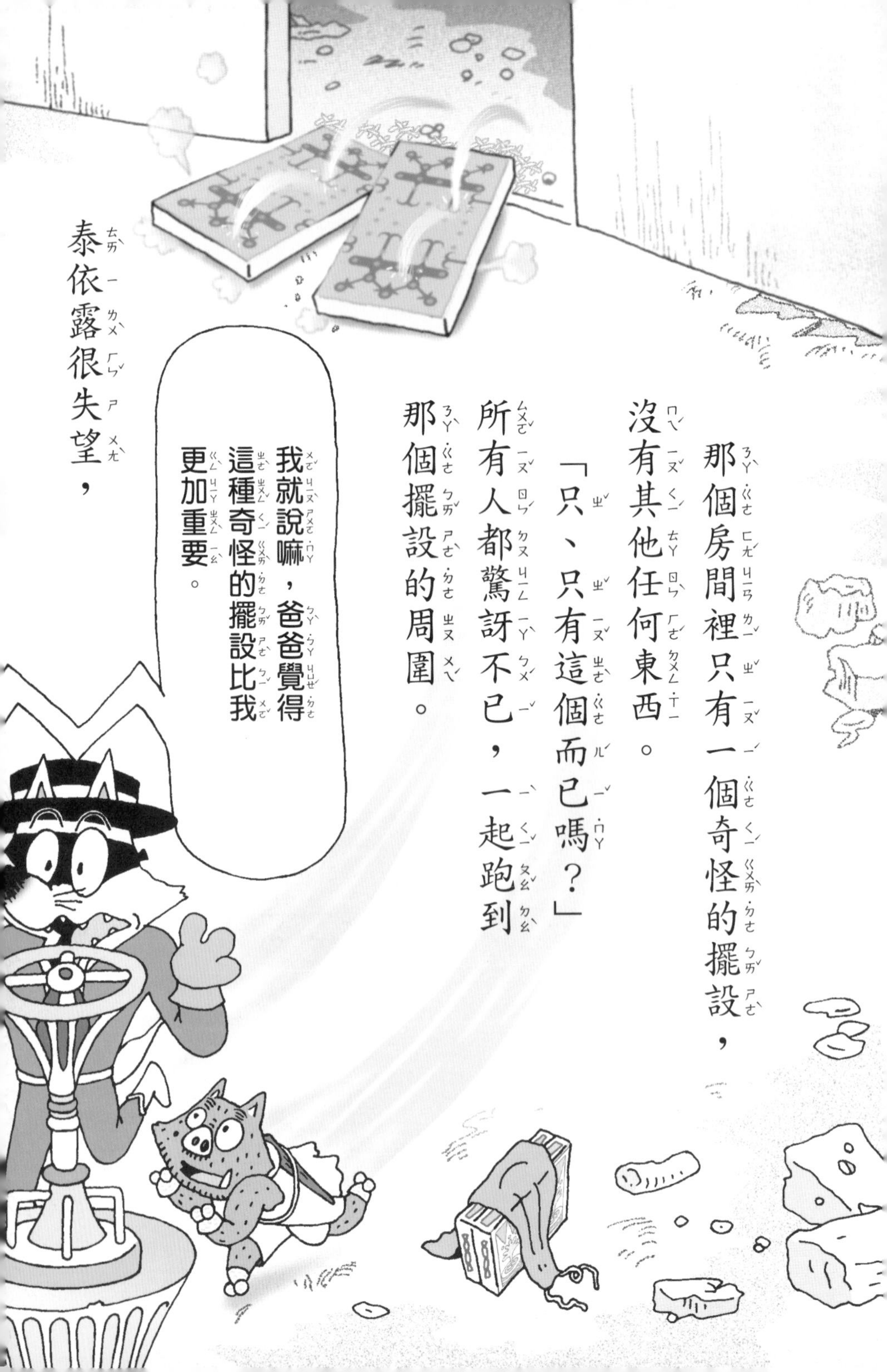
我就說嘛，爸爸覺得這種奇怪的擺設比我更加重要。

泰依露很失望，

無力的癱坐在地上。
不是不是，這東西雖然看起來不起眼，其實是很驚人的寶物……看起來實在不像。
佐羅力把那個擺設拿了起來……
啊！
從下面張望的泰依露似乎有了驚人的發現。

那個擺設的底座上，有一個和剛才在那間廟看到的怪臉一樣的圖案。

「但是，讓我想一下，這張臉是凸出來的。啊，我知道了，這個東西會不會是用來打開那間廟的鑰匙？」

「有道理，一定是用

這把鑰匙插在廟的臉上，然後再轉一下就打開了。」

「原來如此，原來寶藏不是藏在這裡，而是藏在那間廟。既然設計了這麼困難的機關，我想那裡一定藏了價值連城的寶藏。」

他們四個人你看著我，我看著你，每個人的內心都充滿了期待。

好，那我們現在馬上回去村莊裡，用這把鑰匙找到寶藏。呵呵，真希望趕快看到泰依露小姐的笑容。
佐羅力大師，泰依露小姐看著你的時候，眼神都在發亮喔。
刺在斗蓬上的蜂針竟然總共有146根，我決定要把這些蜂針蒐集起來。
魯豬豬，真羨慕你啊。那我把這個工具箱帶回去當紀念品，可以向大家好好炫耀一下。
道歉啟示
佐羅力他們的冒險愈玩愈大，結果一集寫不完他們的故事。很抱歉，請各位讀者繼續看下一集。
作者 原裕

啊、嗯？真的假的？真是不好意思啊。我也差不多到了該結婚的年齡，也該安定下來了。嘻呵，嘻呵，嘻嘻呵呵。
我終於稍微有一點點了解身為冒險家的爸爸了。
多虧了佐羅力先生，我終於能夠看到爸爸一直在尋找的東西了。
佐羅力他們能不能順利回到村莊，去到那間廟呢？老虎和曼帝不斷出招，會用什麼可怕的武器來對付他們呢？神祕的寶藏即將現身，敬請期待下集！

• 作者簡介

## 原裕 Yutaka Hara

一九五三年出生於日本熊本縣，一九七四年獲得KFS創作比賽「講談社兒童圖書獎」，主要作品有《小小的森林》、《手套火箭的宇宙探險》、《寶貝木屐》、《小噗出門買東西》、《我也能變得和爸爸一樣嗎？》、【輕飄飄的巧克力島】系列、【膽小的鬼怪】系列、【菠菜人】系列、【怪傑佐羅力】系列、【鬼怪尤太】系列、【魔法的禮物】系列等。

• 譯者簡介

## 王蘊潔

專職日文譯者，旅日求學期間曾經寄宿日本家庭，深入體會日本文化內涵，從事翻譯工作至今二十餘年。熱愛閱讀，熱愛故事，除了或嚴肅或浪漫、或驚悚或溫馨的小說翻譯，也從翻譯童書的過程中，充分體會童心與幽默樂趣。曾經譯有《白色巨塔》、《博士熱愛的算式》、《哪啊哪啊神去村》等暢銷小說，也譯有【怪傑佐羅力】系列、【魔女宅急便】系列、【小小火車向前跑】系列、【大家一起玩】系列《大家一起來畫畫》、《大家一起做料理》等童書譯作。

臉書交流專頁：綿羊的譯心譯意。

國家圖書館出版品預行編目資料

怪傑佐羅力神祕寶藏大作戰（上集）
原裕 文、圖；王蘊潔 譯 --
第一版. -- 台北市：親子天下, 2015.08-2015.09
96 面 ;14.9x21公分. --（怪傑佐羅力系列；35-36）
譯自：かいけつゾロリのなぞのおたから大さくせん 前編
ISBN 978-986-91881-9-7（上集：精裝）
ISBN 978-986-92013-2-2（下集：精裝）
861.59 104009105

怪傑佐羅力系列 35

# 怪傑佐羅力之神祕寶藏大作戰 上集

作者｜原裕（Yutaka Hara）
譯者｜王蘊潔
責任編輯｜蔡珮瑤
美術設計｜蕭雅慧
行銷企劃｜高嘉吟
發行人｜殷允芃
創辦人兼執行長｜何琦瑜
副總經理｜林彥傑
總監｜黃雅妮
版權專員｜何晨瑋、黃微真
出版者｜親子天下股份有限公司
地址｜台北市 104 建國北路一段 96 號 4 樓
電話｜（02）2509-2800
傳真｜（02）2509-2462
網址｜www.parenting.com.tw
讀者服務專線｜（02）2662-0332
週一～週五：09:00～17:30
讀者服務傳真｜（02）2662-6048
客服信箱｜bill@cw.com.tw

製版印刷｜中原造像股份有限公司
法律顧問｜台英國際商務法律事務所．羅明通律師
總經銷｜大和圖書有限公司
電話｜（02）8990-2588
出版日期｜2015 年 8 月第一版第一次印行
2020 年 11 月第一版第十四次印行
定價｜280 元
書號｜BKKCH003P
ISBN｜978-986-91881-9-7（精裝）

訂購服務
親子天下 Shopping｜shopping.parenting.com.tw
海外．大量訂購｜parenting@cw.com.tw
書香花園｜台北市建國北路二段 6 巷 11 號
電話｜（02）2506-1635
劃撥帳號｜50331356 親子天下股份有限公司

有聲故事書

怪傑佐羅力之
神祕寶藏大作戰
下集
老虎和曼帝打算用
什麼方法搶走寶藏
他們用在城堡裡找到的
鑰匙到底找到了什麼？